現代川柳句集

そら耳のつづきを

湊圭伍

装丁　畑ユリエ

1　イカロスの罠

ピロウファイト

明日の国の向こうはきっと駐車場
メトロポリスの美術館ほど悪じゃない
その内に令和はなかったことになる
重力はユーモアだから信じよう
火柱を吸ったら気持ちよく飛べる

イカロスは二つの国家を翼とし
　ごめんごめん遠い世界のことでした
嘴の代わりについている絵の具
　きみも勿論だがむしろ枕がよく戦った
背中からふつと開いて居なくなる

一昨年からずっと

すっとばして高層階へ参ります
　アウシュビッツの水たまりの模型
ヒントが出てようやく謎々と気づく
　五分後に添付ファイルが香りだす
セブン＆アイ・ホールディングスの小さな愛なんだ君は

生のものとちょっと火を通したもの
　ああシュークリームおお資材置き場
怖いこわいこわいと一昨年からずっと
　背のかゆみつばさと呼べば翼とも
石を投げよとの叫びも聞こえている

まどろみの国

ジェスチャーになれば即、入国可
　シャッターに必死で描いている二人

沖へゆけば札束と化す方向舵
　スタッフの原材料をひたかくし

裸足にて芝生の国を駈けめぐる

時間よ止まれ、レシートが風に舞う
バスマットにバスが三台停まります
着ぐるみのうつろに落ちる針の音
難民のような匂いはありません
未読の死か羽搏きだけじゃ判らない

Let It Be?

コメント欄はロバの耳　くすぐる
マヨネーズの空の容器が散乱す
プランナーどうでもいいを盛ってみせ
正答をきれいな文字でぐちゃぐちゃと
広告をスプレー缶が見つめている

へりくつも理屈おまえのはただの屁や
あれも基地でしょうとアダンの実
柏崎刈羽原発一号機の塗り絵
愛し合おうよこの検問を抜けてなお
そのままはここから何処へ行くだろう

お早うございますエイハブ船長

エレベーター上昇われらを零しつつ

地下鉄は紙コップのコインを鳴らす

ミニマリスト・プログラムの胸毛

靴音から遙かに閉じゆくみずうみ

うれしそうな顔をしている蛆だなあ

口笛のさきで巨大なものを釣る
引き算のどこかで椅子が鳴くだろう
マグカップで壊せるような朝じゃない
街路樹がいっせいに鳴く偽の坂
そら耳のつづきを散っていくガラス

ガリレオの空

風もなく火もないところにも会釈
　ガリレオの子どもは空も見ていない
ちょっとだけ浮かんだひとに拍手、拍手
　アルペジオだって不安定な石なのよ
タンメンは恐怖に支配されている

そうですか貴方もいつもしんがりで
　つぶやきが蟻より凄いことになる

最初が運、途中は夢でいいですね
　明るい色のレインコートに殴り書き

世界じゅうの少年兵に会いにゆく

ふつうの町

目の横にストローを刺す穴がある
　忘れっぽいのもドアストッパーの長所
吉本新喜劇がもつ諦念みたいな
　あのひとおふろに龍のしゃつきてはいったはる
針が降るふつうの町で生きている

クリスマスツリーに歯形をつけてあげましょう
　かつおぶし踊れユッスー・ンドゥールじゃけ
コンビニのサンドイッチで釣る魚
　かわいいと不安に分けてゆくおやつ
あなたからの殺気はとくに感じます

既読の地平

山肌を見せてやる気はなかったが
螢狩りの帰りエンジンから異音

サラダボールを真っさらなシューズで
ときどきは違うひとにも矢を放つ

文学にそろそろ飛べという時代

ユニクロの五七五はえもんかけ
夜もすがら両手で顔をほどかれる
華やいだあとでパスワードを変えて
あんドーナツの「かもね」と「だよね」
本物の声しか洩れてこなくなる

陽性譚

看板を縛る針金お昼はパスタ
まだ淋しくないと救急車の遠吠え
千円札がどうしても入らないのだろう
やわやわと特定されるアカウント
うっすらと表情筋と括約筋

陽性となって木立ちへ荒野へと
ハンプティ！ゆくえも知らぬ空の傷！

戒名をロドリゴ・カプリチョスと決める
《ワッツ・ゴウイン・オン？》という鎖

運転席にも目眩を一つくださいな

やあ、ハムレット

カフェにいて手首に蛇の肌の冷え
声色に混じる砂礫やら閃光やら
手のひらの穴から万国旗をのぞき
馬鹿野郎、訳し終えても歯が痛え
成田より発って余計なことばかり

ベランダをこぎだす舟で脚をからめ
　基本から来るからくりのような顔
交互に来る鉄砲玉とシャボン玉
　雷で裂けた木からのおめでとうさん
きみの死をぜんぶ説明してあげる

カニクリームコロッケも

白濁している人型家電店のうしろ
ガラス屋の軽トラの荷台のデュシャン

上野恩賜公園の芝生に残る筆圧は
細かく定めるメーターを読む姿勢

水の上を歩いてレジ係はおらず

カニクリームコロッケも遣唐使の力学
　　帝国のやさしさフラの手に載せて

きのこと音楽——体液のハレーション
　　静物のふりをしている嘔吐物

アキハバラ色とりどりの雨降らせ

偽校歌斉唱

愛書家の背中はきっと澄んでいた
砂の軽さ、砂の重さの繰り返し
一〇〇年余偽の校歌をうたい継ぎ
かすかに過負荷の父が居すわり
舳先めぐらせて英霊かカツサンド

嬉しいなら窓際から離れてください
保護者たち次々切断面に付着
破廉恥なベンチ、知らんぷりのランプ
この町の匂いを川幅は裏切らない
君が袖ふる愛をガシガシ消すために

あなたにも金メダル

沸点を知らずまだ流線形の朝顔
天をまたも棍棒として使うようだ
変な汗かかせる鳥らの目を抜き
実践で学ぶエデン式はだか術
蓮の実を食べて投票日をわすれ

金メダル噛むとかならず白目剝く
これが蜜柑の急所ってふざけないで
ふかし霧　沙翁は王を演じたか
スクーターで太宰来りて太宰逝く
あくびして神は泥土をまた捏ねて

聴いている

囀りを集めよカラバッジオの晩年
脳幹よひとり麦畑に立つひとよ
こんなふうにしたいと鳶も舞っている
ありとせばある言霊もなしくずし
戦前はピンクで塗った忠魂碑

噂が失せるまではスズメガの仲間
　棕櫚揺れてやりたいことをやり尽くす
見慣れない指数が枕もとで鳴く
　　父島と母島があり　聴いている
嫌な道いたるところに皇帝ダリア

ジハードという娘

全米が泣いた映画と熱さまシート
　フラヌール溺れた牛は逆さまに
その図書券で早口でアウフヘーベンで
　それぞれの秘孔を突いて別れゆく
トウモロコシ畑でセックス・ピストルズ

火を盗む天界は燃えていたわけだ　蛍光ペン飛び交う空の滑らかさ

東京や興味のもてないこと多し　韻でも踏もうかな戻るのも罠なんで

ジハードはよき名前なりこぼれ髪

博士の鞄

鉄路の錆パウル・クレーの魚から
　デッサンが草とふれ合うまで見つめ
オナモミのように誰かに告げたかろう
　国際便降り貝の身にふれている
ガラガラと引きだす生焼けの頭部

支持率はすぐに羽化することでしょう
文末のゆらぎにGoogleが宿る
会議室に子どもの頃の放物線
産後うつかつては受話器のかたち
君たちがいない世界のさるすべり

2　ヘルタースケルター

星と蕁菜

法廷では全てが詩語であるように
　正社員ヘイヘイヘイと従わず
一〇〇階の窓から横へ何処までも
　レタスシャキシャキ膣内のサラダバー
六本足の牛の歩幅は分からない

崩れゆくビルをぽちっと押してみ
　どつかれるハッピバースデー二回分

芽吹く木のもと人類も食用であれ
　蓴菜は星と星とのあわいにも

グレゴール・ザムザ一脚ずつ愛す

蛹先生

三千世界にくちびるが切れた音
　厩戸皇子に代わってもらいなさい

烽火のように寝息が立ち昇る
　『アッツ島玉砕』饅頭のようなあたまで

白米のそばをマンボウマンボウと

証言は濡れた毛布にくるまれる
仄ぐらく未来をつぶやく給湯器
ゲストスピーカーはまだ蛹です
デボン紀はカスタネットの響きして
催馬楽と野火のあいだを掻き回す

関係者席へどうぞ

哀しかったな木炭で描いた花
浅き夢みし犬歯かつんと炬燵から
くちびるを捲って遠い火事をみせ
手首から飛びたつ輪ゴム桂浜
トナカイの肉から発芽する一家

雄鶏と髪が地べたを跳ねまわる
　ポケットに両手両目に花を挿し
石鹸についた髪の毛の自爆テロ
　ファミレスの千枚の舌ごめんねえ
公園の木陰らへんで起きる拍手

カクレミノという木

ハンガーの両端を持ついやな遊び
カクレミノという木があって考える
ナプキンを濡らすミノタウロスの息
きいきいと鳴く缶切りも足切りも
炉心には日焼け止めつけてから

太古よりワードローブに降る雪は

図6《神様とセックスをする珍場面》

青い脳が横へとび散る青い家

贋作を見てひまわりが頷いた

クロサイの不在をもって帰らなん

恥ずかしさ

これは綿菓子これはプロパンガスボンベ
火星の木　ゴム手袋を膨らませ
まならに充満する三ツ矢サイダー
緩いカーブで抽象が臭いはじめ
ごぼと沈むぼくらは本当はファ

活断層が顔までつづく恥ずかしさ

エクレアってなんで呼ぶんかを考えろ

まつげに月が刺さってますよ母さん

三月の電話にうすい膜がはる

シャーペンの代わりに傘をさしている

しなりよう

固有名と固有名のあいだは股関節

頑張るとペットボトルが立ち上がる

教科書の表紙の光沢はぬかるみ

丑三つの監視カメラを肴とし

マペットでタワーマンションを虐め

地方自治体は飛び込み台のしなりよう
鳥の巣があった献血だってした

王様はいつもコスプレいさぎよい
草なぎクンに隠し包丁を入れる

押すとヒンコンと音のでるチャイム

明るいエネルギー

天井に並んで生える歯がきれい
　べとべととふわりを投光器が狙う
家政婦が皿を投げ込む変電所
　真珠貝から神が検出されました
カラマーゾフ兄弟という乾電池

ジャズの終焉にはおでんの吸盤を

獅子舞の口から妊娠検査薬

おまけが晦渋なお子様セット

キリストの手に垂れ下がる充電器

これは美しい直径一〇ｍのマンホール

申

血の気の多いガム
おい思想だな
神の与えし毛玉
クリントイーストウッドの木
口もとを踏む

もう二度と乾かない
入れものがないマジうける

バオバブの次
蘭体動物
一人で肩組んで歩こ

名無しさん

饅頭が降りしきる中で口づけを交わす敵同士

虹　戸田内科医院の壁に描かれた虹の絵　　虹

https://www.whitehouse.gov/issues/fuck-trump-or-any-other-president/

英和大辞典を重石にして漬けたきゅうりを齧りながら、
国家テロの結果を流していく春は忙しい。

Yes, you need a comma after New York.

踏み切りに飛びこむ羊たち　電車が来るまえに眠りなさい

マーク・トウェインからハックルベリーへ短い手紙

1 名前：名無しさん@手と足をもいだ丸太にして返し

<html dir="ltr" lang="ja">
<head><meta charset="utf-8">
<title>これは日本語ではありません。</title>
</head>
</html>

毛

避妊具が勝手にしゃべる本能寺

帽子屋の奥はからっと晴れている

衒学的に枝分かれする蛸の足

鯖缶の汁がこぼれてのち無謬

まっくらな窓に飛びこめ鉢の梅

毛沢東の毛なら閲覧履歴にも
　ダイソーの入り口にある島根県

鼻っ柱をヘッドホンが締め付ける
　現場から美談がきっと出てくるよ

国家という空想力という気球

ノイズその他

ウェブサイトの余白にむしごろし
　投了とだれが云ったかほうき星
牛裂きの牛　河原まで走ってゆく
　悪事こそ昼の拍手につつまれよ
よく冷えた鳥獣戯画からのノイズ

抽斗のうちに人魚の貌はただれ

連歌師のひらひら落とすせみくじら

不易とはゴムがゆるゆるのパンツ

給食のあとで首輪を見たあとで

ペン先を雲が流れてゆくところ

うふふ

茂吉病院まで青い鳥を皿にのせて
　憶えがない扁桃腺からの絵葉書
あゝ無情コバンザメのくっつくとこ
　ハハを固体とすればチチは羽毛なり
あしうらへ天孫降臨する　かゆい

妻を追う風船ふたつ貎がある

舌裂け　深夜ラジオのような痺れ

くたびれの三面鏡も勃起かな

シシュフォスの神話でうふふと笑い

ダ・ヴィンチの人体図から催涙弾

クイズダービー

鍵穴をガムでふさいでいる雲雀

砂だろうわたしを叫びつづけるのは

アリクイの型に切りぬく業界紙

みな状況証拠であるがかつお節

無記名でペリカンたちは荒涼す

玉砂利にイメルダ夫人漂流記
　右手より酒杯を抜かば指木立

受粉した僕が見ている無の世界
　帝王を折檻にゆくはらたいら

現場主義とたんに蝶は蝶代理せり

提出期限です

みみず叫ぶヘッドフォンのR／L

ぼたん鍋から銃口へ巻きなおす

精霊と流しうどんを見にゆかん

日本語を嗅がすと汗をかく表土

生首がそんなに跳ねたはずはない

セロテープ台まで辿りつく凡兆
舌頭で千転すればよれよれのぱあ
おたんこなす皇国なので電通します
岬へと鷹に一句のなかの重力を
すなわち反古キリンの舌で巻き取ろう

京の梅

羹を冷ます始皇帝ファンクラブ

一読明快うら声でうたう外郎

鯨ベーコン透いて大関の床ずれ

ヘッドバンギンして九条ネギをね

とんかつの衣うつくし京の梅

一家して撫でる玉子の尖りかた

てんぷらの朕が混じったかき氷

鳥の死を鳥居がまたぐ鳥芝居

御空うるわし全能のエテガレイ

前半は始祖鳥でしたラジオの日

みたかも集

珍事から猫の実だけをもち帰る

外来種の池から全人類を抜く

草花に渦を巻かれて本日も廃車

小指の骨で琉球処分を思い出す

移動式書架もエデンの寄せ書きも

いにしえの甘くない餅幻視せり

トンネルの縁に触れている電話

はらわたと雲にポップがついている

春眠のあとには雀ほどの痣

並べてみればどこかでみたかも集

3　仮説の家

どっちかな

二年前はここにサラダがありました
　紙の森が馬券売り場だったころ
いいカメラが付いているから買うバッタ
　ヒクイドリの狂暴な足また一日
メモリアルパークのメモリー８ＭＢ

足もとはNIKE行き交う年もまた
節分の豆をやさしく撒くなコラ

煽ってませんよ曲順を変えただけ
ポケットに入れた入ったどっちかな

主題歌を変えたと思うあらためて

必死のパッチ

剪定の音が続いている聖夜
新聞の匂いのそっと血が混じる
叫びをあげて壁にしがみつく　錠剤
スタッフと腋を見せあう縫いぐるみ
限界集落のレシピありますか

落としたら骨も砕ける鍋を洗う
バーベキューの煙にあった指紋
イヤホンの頬にじょうずな雲を描く
パパパッと眼が弾けとぶ編集部
必死につかむパーカーの首の紐

青を捨てる

買ったばかりで溝に捨てるような青
　いきなり降ってくる金と銀の斧
秋空のパリの路肩に水がわく
　裏通りの鳩は平らになりなさい
サニーレタスについた虫にも思想

逆光でむく皮から低いつぶやき
千年待つリュックを前に抱えつつ
過ぎたあと幹だけ白く写される
ホルモンの脂や焼夷弾のこと
ヒロシマにダーツふわっと散る光

グルメな私

世界一うまいチャーハン風のなか
　なめらかさこれが人魚のかまぼこか
死ねば濁点生きていしかば大飯店
　初印象はバームクーヘン初心者
拍手した手がふっくらと焼き上がる

神よ神よ砂ずりがまだ来てませんね

生き延びるためにキノコをかぶる人

おっかさん火葬が甘くにおうから

見ていませんと半熟で割る教室

年の瀬やまぐろのアラで腹話術

てれこてれこ

雑居ビルがえづくのを見てしまう
やさしい気持ち電波ぽんぽん飛んできて
北斗七星三つ目の「☆」見えず
夥しい腕にびくびくしてしまう
働いているのに空っぽな靴ってなあんだ

ローライダーから耳なし芳一のリズム
　雁から落馬インクラインは蹴上
手の甲の傷が匂い出すイルカショー
　平面に輪っかと河童てれこてれこ
団地からアレチノギクを追い返す

花を挿すまで

あらかたは丸めた紙で出来ている
一人ずつ小さな靴でさようなら
折り鶴の折り方が怖くなっちゃった
原爆許しちゃうってカニなら言うね
前言を撤回します枝豆として

左利きの鋏が書架の向こうから
大学は裏芸として葉を落とす

あらためて一週間を鎌として
コーラスの両端から舌打ちがする
飲みほして花を挿すまでの虚ろ

泳ぐべからず

勇気が湧いてくる不味いラーメン屋

宅配のピザに手をだす十二使徒

あかんぼが葛の茂みに生のまま

死にゆくは生きてあることキャンプ場

こんなもの建てますとある遍路みち

裏返しの蟬に聞かせている点呼

漱石のちょっと発熱ちょっと死後

本日天気晴朗波高く崩れる本の山

虫の音にふたつの脳を突き合わせ

三と二之丸から六時屋のタルト

トイピアノ

怒っている人にクーポンわたす役
　いつもの道に白いシーツが敷いてある

二本目のマイクもキンと鳴っておく
　たばこ屋の抜け殻がある長い闇

クリップの弾けるさまを言祝がん

病室のへこんだ枕　あかるい窓
　頬骨の丸みにトイピアノが響く
カブト虫ゼリーも森を夢見ていた
　抱っこしてクラゲの水槽を過ぎて
しりとりの終わりに「生んでくるわ」

火からウナギへ

五等分して足の親指に落とす
　簞笥の裏に名刺が散らばるのだよ
目に刻む目としなくてもよい努力
　迎えにゆくと泥まみれの初稿
身も蓋もなく皮膚のみで在らしめよ

もういいよレゴブロックで出来たから

作家死んで競馬なき日の競馬場

火葬場の火からウナギの話題へと

木漏れ日をカインとアベル手で掬う

咳き込んでからコーヒーを持ってきた

夏休みの残骸

保育器を両手が出たり入ったり
　イオンモールで生煮えのアナキスト
駆けっこの先のテープが溶けてゆく
　呼び交わす電子レンジの内と外
諭されて棺のなかを触れてみた

テーブルの角に絵本が積み上がる
しゅるしゅると昇る花火とともにあれ

団栗をぎっしり詰めた瓶を呼ぶ
おっと吐きだす夏休みの残骸

教育という滑り台が光っている

架空の町

空爆も樹上でギィーと鳴く虫も
　クラゲなす国のクラゲと笑い合う
缶詰の蓋のギザギザから喃語
　スワン家のひとが手を振ってこない
風景のなかのひとりを殴る木々

足の冷えから始まったオペレッタ

雲間から奈落へ落ちてゆく畳

エコバッグほどくと鼻が三つ四つ千

あとがきで架空の町が作られる

車中泊みんな着ぐるみぬいぐるみ

憎しみをもって

寝返りを打つと渚がちかくなる
憎しみをもってカマイルカに触れる
深く埋めてもＷｉＦｉは繫がるよ
アルバムを流れる赤ん坊の舌
のけぞってひねって顎を触られる

鴉でも片手で出来る目眩まし
　　閲覧できます毛羽立った文字が並んでいる
シルル紀から色褪せないでいてくれた
　　酔っぱらいSからNにまたMに
助手席でカバンのなかを拭いている

お土産はうなぎパイ

加害者と焚き火の準備だけ済ます

園長の上でバターは溶けはじめ

ベランダの手すりは大事それなりに

意味なんてあればあったで寝てしまう

生い立ちを訊ねたあとの効果音

精神的外傷というモンブラン
　ロミオとジュリエットに柿ふたつ
満月にぴょこんと跳ねた駐車券
　うなぎパイ冬眠なんてどうかなあ
うたた寝とろりとライ麦パン匂う

こだわりすぎて

こだわりすぎて一階下で降りている

ホルマリン漬けの胎児や秋明るし

逢魔が辻よ郵便局が跳ねまわる

はいここで膝をいちまいめくります

よく噛んで柔らかくするグラウンド

もうデマと妻の区別がつきません
愛想もなくてペダルを手でまわす

呼びだすと蜂のむくろが階段に
コンビニの弁当箱のウムラウト

恙なく今日のシールを剝がしゆく

托される

何となく明るいほうへハンドルを

分からないことにするまでの秤

いいねが呼んでくるいいね、禍々し

吊り革につれる脳なら大丈夫

待合室で椰子の実ひとつ托される

微笑みをかるくてうすい被膜として
最前列の誰かを殴るための椅子

子どもらは素敵な暗渠とは知らず
近づいてまた離れゆく冬のカメラ

歩いていくとどんぶりが其処にある

小さな声で

ＩＣカードが冬の布団に滑り込む
　いつかまた頬っぺたの裏を噛んでしまう
入居者はシメジ・マイタケ・風土記ほか
　じゃんりんで負けて生まれてＳとＫ
スクラップブックから滑り落ちるために

ポストヒューマニスティックなひよこ豆スープ
　エレベーター内のフェルト剝がし流行るね
鳥刺しとの間柄がニューシングル
　消失点は鴨川ぞいのカフェでした
朝のカーテンが揺れている小さな声で

あとがき

振り返って、万事において面倒くさがりの私がとりあえず句集になりそうな数の句を書くことができたことに、さまざまな人への感謝の念があります。

畏友の俳人・岡村知昭さんには、大阪で開かれていた俳句・川柳合同の「北の句会」に導いてくれたことを深く感謝いたします（定金冬二『一老人』をもらったりもしましたね。いや借りたまま返してないのか？）。俳句も私的なことも含めていろいろツッコんできましたが、ちょっとキツくなったことがありましたらすみません。岡村俳句はいろいろブレがあるところが魅力でしたが、句集『然るべく』（草原詩社）出版以降、俳句として上手くなってしまった。それが良いか悪いか、今後も岡村氏の歩みを楽しんで追わせていただきます。「北の句会」では主催の堀本吟さん、北村虻曳さんにお世話になりました。ジャンルに狭くこだわらない自由な姿勢を学ばせていただきました。

私が川柳の世界に足を踏み入れたのは、「北の句会」に参加されていた筒井祥文さんに惹かれたところが大きいです。筒井さん主催の「川柳結社ふらすこてん」では、筒井さんを始め、くんじろうさん、銀次さん、吉澤久良さん、酒井かがりさん、山田ゆみ葉さん、山口ろっぱさん、森茂俊さん、蟹口和枝さん、きゅういちさん他、まことに「濃い」面々に揉んでいただき、川柳というものの核はこのへんやでと教えていただいた貴重な会でした。また、「ふらすこてん」の投句締切を毎号忘れる私に、繰り返しやさしくリマインダー・メールをくださった兵頭全郎さんには一生頭が上がりません。

「川柳バックストローク」では、石部明さん、石田柊馬さん、樋口由紀子さん、小池正博さんらに、過分に褒めていただいたり、大会選者を務めさせていただいたり、いまいちやなあと落としていただいたりで、贅沢な体験をさせていただきました。師系を云々いう方々ではなかったですが、筒井・石部・石田の三氏が私にとっての「師」に当たるだろうと勝手に思っております。「川柳カード」では樋口さんと小池さん、「川柳スパイラル」でも引き続き小池さんにお世話になりました。

句集に向けての弾みになったのは何といっても、小池正博編著『はじめまして現代川柳』（書肆侃侃房、二〇二〇年）の出版でした。「第四章　ポスト現代川柳」の他の方々は持続的に、活発に活動されている川柳作家ばかりなので、締切がくるのでようやく十句作るのみという不活性な私にお声がかかったのは意外でもありました。掲載の七六句を揃えるのもやっとで、小池さんの懇切丁寧な解説もつけていただいて、何とか形になったかという感じでした（掲載七六句は、この句集には入れておりません）。

本句集冒頭の「ピロウファイト」十句は、「川柳スープレックス」（暮田真名さん、いなだ豆乃助さん、柳本々々さん、川合大祐さん、飯島章友さんによる川柳ブログ）で二〇二〇年一一月二三日に掲載していただいたもの。『はじめまして現代川柳』が十月に出て、刺激を分かりやすく受けて創作モードに入ったところを、タイミングよく掲載していただきました。この十句にある推進力が、本句集出版の意欲に直接つながっています。掲載、ありがとうございました。

ほか、句会に参加させていただいたり、雑誌・本を送っていただいたり、記事や句を投稿させていただいた、「川柳黎明」（田中博造さん、岩田多佳子さん）、「びわこ番傘」（徳永政二さん）、「川柳瓦版」（井上一筒さん、たむらあきこさん）、「川柳天鐘」（墨作二郎さん、本多洋子さん）、「川柳木馬」（清水かおりさん）、「川柳杜人」（広瀬ちえみさん）、

「触光」（野沢省悟さん）、「Senryu So」（妹尾凛さん・八上桐子さん・石川街子さん）、「川柳ねじまき」（なかはられいこさん、丸山進さん）、「ゆうゆう夢工房」（大西俊和さん）、堺利彦さん他（ですみません、もっといらっしゃいますが……）の方々にも、感謝いたします。ろくに返事もしない無礼な読者でしたが、皆さまに与えていただいた刺激の中から、幾分かでもこの句集に反映できていましたら幸いです。また、京都から松山に移った私を温かく迎えていただいた「せんりゅうぐるーぷGOKEN」の皆さま、これからも楽しんで句誌、句会参加させていただきますのでよろしくお願いいたします。

川柳以外では、もう二十年来の付き合いになる「最新鋭詩集研究会」のメンバー、詩誌「Lyric Jungle」同人に感謝。代表の平居謙さんは、同時期に川柳句集を出されるということでライバルでしょうか。俳句では、「船団の会」、「週刊俳句」、「豈」（「豈Weekly」）とさまざまなところでお世話になり、その後、不義理をしております（すみません）。短歌誌「井泉」第五九号（二〇一四年九月）では、「仮説の家」として一五句を発表させていただきました。まとめて出した句群としては自信のあるもので、タイトルは本句集の第三部にも引き継がれています。

後になりました。右にあげた方々には、本名でご認識いただいていると思いますが、句集を出すに当たって、「圭伍」を名乗ることにしました。前々よりペンネームを使った方が（少しだけ）自由かなと考えていたものの決心がつかず。さすがに句集を出すタイミングが最後の機会ということで、松山川柳界の大先達・前田伍健先生の名前から一字を拝借するという、まことに厚かましい案ですが、霊峰・石鎚山の山頂から飛び降りる気持ちで実行してみることにいたしました。お叱りも含め、イジっていただけると助かります。

川柳とは何ぞや、とかいうことを書こうかとも迷ったのですが、今のところ、先に謝辞を述べさせていただいた人たちが展開している自由で豊かなコトバの世界が川柳だ、という以上のことは言う必要はない気がします。『川柳総合大事典〈第1巻〉人物編』（尾藤三柳監修、尾藤一泉・堺利彦編、雄山閣）で、小池正博さんが石部明さんの項に書かれている、「川柳の伝統の批判的継承者」という言葉をアレンジして句集帯に使用させていただきましたが、そのような気概でやっていこうと考えています。詩歌の界隈を三十年ほど歩いてきて、多くの方とすれ違ってきましたが、あんないい加減なことを言っていたやつがこんなところに行きついたのかと認識していただけると幸いです。

最後に、残りの謝辞を付けくわえて、あとがきとさせていただきます。

書肆侃侃房・藤枝大さんには、『はじめまして現代川柳』から引き続きで、この本が形になるまでいろいろ、わがままを聞いていただきました。畑ユリエさんの装丁は、初めてデザイン案を見たときに心臓の鼓動が高まって、かつ身体が軽くなるような不思議な感覚になりました。わがままなコトバの群れに、読者のもとに届く翼を与えてくださったことを、関係者の方々に感謝いたします。

そして、妻の五月に。万事において、ありがとう。朝もう少しシャキッと起きるように努力します。息子の草太・勘太には、「お父ちゃん、アホなもん書いてたんやなあ」と、十年か二十年後にツッコんでもらうことを楽しみにしています。いつも「遊ぼ！」と言うのに本を読んでいて、「後で、後で」で誤魔化してごめんね。

湊圭伍

二〇二一年四月二三日

■著者略歴

湊圭伍（みなと・けいご）

1973年大阪生まれ。愛媛県松山市在住。

2009年より「川柳バックストローク」に投句、2010年（第30号）より同人。

同時期より「川柳結社ふらすこてん」に投句。

以降、「川柳カード」、「川柳スパイラル」、「せんりゅうぐるーぷGOKEN」同人。

小池正博編『はじめまして現代川柳』（書肆侃侃房、2020年）に、湊圭史名義で自選76句掲載。

詩誌「Lyric Jungle」同人。

詩集に『硝子の眼、布の皮膚』（草原詩社、2004年）。

現代川柳句集　そら耳のつづきを

二〇二一年五月二六日　第一刷発行

著　者　湊圭伍
発行者　田島安江
発行所　株式会社 書肆侃侃房（しょしかんかんぼう）
〒八一〇-〇〇四一
福岡市中央区大名二-八-十八-五〇一
TEL：〇九二-七三五-二八〇二
FAX：〇九二-七三五-二七九二
http://www.kankanbou.com info@kankanbou.com

編　集　藤枝大
DTP　黒木留実
印刷・製本　モリモト印刷株式会社

ISBN978-4-86385-466-6　C0092